W0285292

Der Gerd hat sein eigenes Buch geschrieben!

Wie komme ich dazu?
In den 24 Jahren, in denen ich als Trucker tätig war, erlebte ich so allerhand.
Schon vor Jahren war es für meine Familie spannend, die wahrhaftig erlebten Geschichten des Trucker-Alltages zu hören.

Ich war im Süden Deutschlands von Kassel bis zum Bodensee, von Garmisch bis Koblenz unterwegs.
Auch in der ehemaligen DDR, heute heißen sie die "neuen Bundesländer", war ich sehr gerne auf Achse. Zwischen Bautzen und Erfurt und Leipzig bis Rudolphstein.

Irgendwann im Winter, als ich nichts zu tun hatte, fand ich die Vorstellung sehr schön, die erlebten Abenteuer als Buch in den Händen zu halten.

Als Mann von wenigen Worten und großen Taten fing ich an und haute in die Tasten.

Nun wünsche ich euch allen sehr viel Spaß beim Schmökern meiner Trucker-Erlebnisse. Falls ihr Rechtschreibfehler findet (ich habe mich eben auf das Wesentliche konzentriert), dann könnt ihr sie gerne behalten - ich schenke sie euch.

Allzeit Gute Fahrt - On the Road

Gerd Schimmel

DER STIEFEL AN DER BAGGERSCHAUFEL

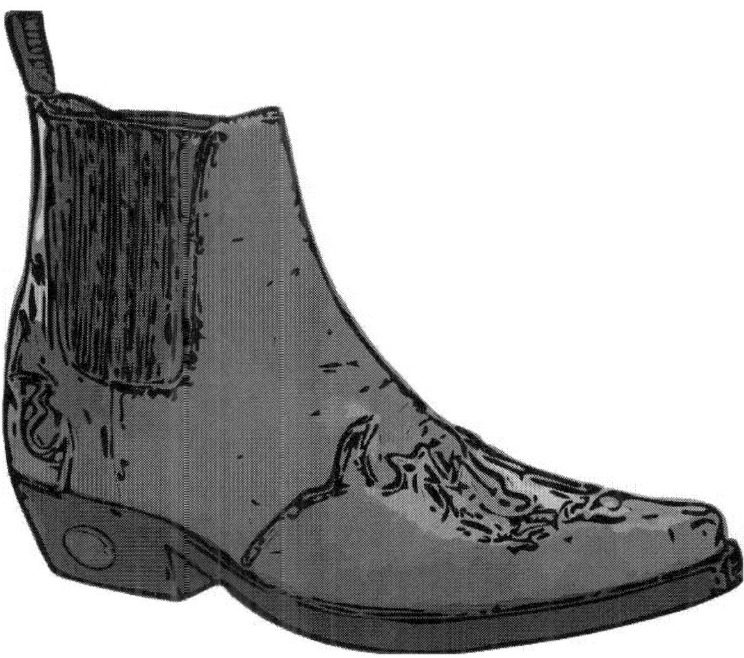

Beinprothese am Bagger

Bereits als ich in der Firma in den Achtzigern anfing hatte ein damaliger Kollege einen Kirschenbaumast als Stütze zwischen Gaspedal und Armaturenbrett. Anscheinend erging es ihm damals genauso wie mir. Das ständige Gas geben, jeden Tag meistens mehr als zwölf Stunden und die damit verbundene Haltung des Fußes erzeugt unwillkürlich starke Schmerzen im Gasfuß, im Knie, eigentlich im ganzen Bein. Vor allem auf langen Strecken mit drei, vier Stunden und mehr in immer der gleichen Lage. Er klemmte den Ast so ein, dass der Brummi stets die gleiche Geschwindigkeit hielt oder auf jeden Fall halten sollte was nicht immer gelang. Im Notfall erzählte er mir, er würde er den Stecken einfach zur Seite werfen. Die Polizei hätte so etwas natürlich nie toleriert, deshalb war diese Sonderausstattung bei Kontrollen gut verräumt. Ein Extra so wie es sie heute gibt, Tempomat genannt, gab es zu dieser Zeit nicht. Man lies man sich also die abenteuerlichsten Dinge einfallen um das Fahren wenn auch nur im geringsten zu erleichtern. Eines Tages vor einigen Jahren hatte ich solche Beschwerden im Fuß, dass ich mir etwas einfallen lassen musste. Irgendwann am Abend stolperte ich daheim über ein paar alte Schuhe, es waren welche die sehr spitz nach vorne verliefen, sahen aus wie Cowboystiefel. Da kam mir auch schon die zündende Idee! Irgendwo in der Ecke lag ein Lenker von einem Rennrad. Als weitere Zutat brauchte ich noch Beton der auch vorrätig im Keller stand. Also rührte ich mir festen Beton an und stellte den

Fahrradlenker in den mit Beton ausgegossenen Schuh. Das sollte mein Tempomat werden. Nach gut zwei Tagen war meine "Beinprothese", schön ausgehärtet. Bereits am nächsten Tag sollte das Humpelbein seinen Test bestehen. Ich war gespannt wie ein Bogen ob es wohl funktionieren würde. Als es dann am nächsten Morgen auf die Autobahn ging, lag die Prothese bereits auf den Beifahrersitz und wartete auf ihren Einsatz. Die Bahn war frei und ich konnte nun mit einigem Hin und Her das dritte Bein so justieren, dass es fest war. Eine feine Sache dachte ich, war völlig begeistert von meiner Erfindung! Doch so richtig wollte oder konnte das Ersatzbein nicht auf dem Gaspedal bleiben. Immer wieder rutschte der Schuh ab. Zum Dauereinsatz war mein Beifahrer anscheinend nicht geeignet. So in der Wochenmitte sollte ich ins Allgäu fahren. Ich glaube es war Mauerstetten. Da ich sehr bald an diesem Tag losfuhr hatte ich mein Ziel bereits um sechs Uhr morgens erreicht. Weit und breit war keine Menschenseele zu sehen. Eine Baustelle befand sich gegenüber des Kunden, bei dem ich abladen sollte. So kam es, dass ich mich entschloss mein drittes Bein zu entsorgen. Umweltgerecht. Ich nahm das Ersatzbein und ging quasi mit drei Beinen über die Straße zur Baustelle. Dort hängte ich den Kollegen an der dort abgestellten Baggerschaufel ein. Es ist nur schade, dass ich das Gesicht oder die Gesichter der Baumannschaft nicht gesehen habe, als diese auf der Baustelle ankamen. Von weitem sah es aus, als hätte über Nacht jemand seine Beinprothese auf der Baggerschaufel abgelegt und vergessen. Der Anblick war wirklich zu komisch. Von nun an musste ich wieder mit meinem echten Fuß Gas geben und bremsen. War auch sicherer.

UND DER CAFE LÄUFT
UND LÄUFT UND LÄUFT

Coffee to Go!

Schweizer Touren hatte wir in der Firma nur in den späten achtziger Jahren. In Basel gab es einen Händler der immer mehrere hundert Fahrräder bestellte. Die lange Anfahrt bis zur Schweizer Grenze war jedes Mal bereits ganz schön stressig gewesen. Viereinhalb Stunden ohne Staus und Verkehrshindernisse. Kurz vor dem Grenzübergang Weil am Rhein stauten sich wie auch heute noch die LKW-Kolonnen kilometerlang. Wenn du einen guten Tag hattest, war die Wartezeit auf nur zwei Stunden beschränkt. Endlich, nur noch wenige Meter vor dem Schlagbaum musste ich die Zollpapiere fertig machen lassen, eine irre Prozedur mit Laufereien von einem Beamten zum Nächsten. Man konnte den Eindruck nie loswerden, dass diese Herren mit ihren grünen Hemden Zeit hätten ohne Ende. Irgendwann schaltete dann die Ampel um und es ging rein ins schöne Schwitzer Land. Abgeladen wurde in Pratteln, einem kleinen Nest vielleicht zwanzig Kilometer hinter Basel. Die Verständigung mit den Einheimischen war eher schlecht als recht. Diese Spezies versuchte erst gar nicht so zu reden, damit du sie auch verstehst. Schwitzerdütsch eben. Der eine wollte den "Lieferski", meinte den Lieferschein, ein Anderer gab zu erkennen, dass er "ko Zit", also keine Zeit hätte. Irgendwann kapiert man schon, was die von einem wollen. Nach getaner Arbeit konnte ich mich dann

auf den Weg Richtung Deutschland machen. Ich suchte nach einer alternativen Strecke nach Hause, denn meine Route sollte nach Donaueschingen führen. Also eine Abkürzung durch die Schweiz war angesagt. Auf der Karte war da noch ein Grenzübergang eingezeichnet, Stühlingen sollte es rüber gehen. Ein endloses Slalom fahren war angesagt. Berge, Kehren, Baustellen, das ganze Programm. Nach einer geschlagenen Stunde war ich dann kurz vor dem Grenzhof angekommen. Erst jetzt staunte ich über zahlreiche Verkehrsschilder auf denen der Grenzübertritt per LKW verboten war. Warum erst kurz vorher? Ein Schweizer
Zöllner kam auf mich zu und bedauerte mein Wahl hier nach Deutschland einreisen zu
wollen. Nur Motorräder und Autos dürfen hier aus oder einreisen wegen der Brücke die nur
bis zu fünf Tonnen Belastung aushielt. Toll, die Abkürzung hat sich voll gelohnt dachte ich und fragte den Beamten ob es hier wohl eine Möglichkeit gäbe eine Toilette aufzusuchen. Ich durfte mit in das Dienstgebäude kommen. Beim Verlassen des Gebäudes entdeckte ich einen Kaffeeautomaten im Flur. Meine letzten Schweizer Franken die ich noch bei mir hatte sollten so in einen Becher
Schümli eingetauscht werden. Die Franken rein, Knopf gedrückt und, schon lief das
wohlriechende Gebräu zweistrahlig nach unten. Nur ohne Becher! Versteckte Kamera mit
Kurt Felix? Nein. Noch einige Franken in den gefräßigen Schlund des Automaten geworfen,

Knopf gedrückt, und - der Becher kam! Nur dieses Mal ohne Kaffee! Ich drehte mich um, keiner da. Ein kleiner Faustschlag auf die bunt bemalte Frontseite sollte einen kleinen Denkstoß bewirken. Aber es kam schlimmer. Kaffee gab es nun Gratis ohne Ende. Der Spuk wollte nicht enden. Das herrliche riechende Getränk lief und lief. Ohne dass mich jemand bemerkte beschloss ich nun so schnell wie möglich zu fliehen. Nichts wie aus dem Gebäude hinaus und weg. Ein weiter Umweg, kein Kaffee und die Fränkli wären auch noch futsch! Grüezi!

TRUCK iN SNOW & DAS KANAPEE KAPUTT

Das Kanapee missbraucht

Vor vielen Jahren sollte eine Tour Richtung Allgäu gehen. Das Wetter war äußerst
unangenehm, es hatte so um die zehn Grad minus und es schneite bereits die ganze
Nacht und wollte einfach nicht aufhören.
Bereits in den Ellwanger Bergen auf der A7 sah man die eine oder andere Spur von
Fahrzeugen, die es wohl eilig hatten in den angrenzenden Seitenstreifen oder die Leitplanken zu fahren.
Es kam mir heute Morgen vor, als würde ich für diese Strecke Richtung Ulm eine Ewigkeit brauchen. Im Sommer war dies ein Klacks. Es schneite und schneite
immer weiter. Vom Streudienst war wie auch in den vergangenen Jahren nichts zu sehen.
So mancher Brummi stand schon etwas quer auf der Fahrspur und unsere lieben
Sprinterfahrer, die es einfach nicht wahrhaben wollten, dass es Winter war, sah man auch an manchen Stellen schon im Abseits.
An diesem Tag schien aber alles etwas anders zu sein als sonst.
Kaum war die Passage Würzburg-Ulm gemeistert kam auch schon die erste Vollsperrung in Fahrtrichtung Kempten.
Mehrere Autos und Laster hatten sich so lieb geküsst dass es kein Weiterkommen mehr gab.
Zum Glück war mein Bordkühlschrank so gut gefüllt, dass ich weder Durst noch Hunger
leiden musste. Was für ein Segen!

Die Standheizung lief und machte das Fahrerhaus so schön mollig warm, dass ich wohl eingeschlafen sein musste. Nach über zwei Stunden Wartezeit klopfte es plötzlich an der Seitenscheibe.
Ich wusste erst gar nicht wie mir geschah, so tief war ich in Träume versunken. Schlaftrunken öffnete ich meine Augen und sah so einen maskierten Mann vor meiner Fahrertüre stehen. Nein, Fasching war es nicht, auch kein Räuber, es war ein Polizist. Er versuchte mich in den Alltag zurückzuholen.
Völlig neben der Spur schmiss ich die Kiste an und rollte nun wieder Richtung Schneeparadies Allgäu weiter.
Der halbe Vormittag war bereits angebrochen und ich konnte mir überhaupt nicht vorstellen, wie ich meine Abladestellen bei dem Chaos alle anfahren sollte. Es war kurz vor Mittag als ich im winterlichen Kempten ankam, nach über acht Stunden die im Sommer in gut vier Stunden zu fahren waren.
Nach dieser ersten und auch letzten Abstelle dieses Tages (durch die Sozialbestimmungen unseres Vaterlandes), gab ich im hochmodernen Navigationssystem mein nächstes Ziel ein, es sollte Lindenberg sein.
Auf den Weg über die Bundesstraße waren zwei Meter hohe Schneewehen zu erkennen und die Fahrbahn war dick übersät mit weißem Pulver. Es ging im Schritttempo dahin.

Das Schicksal wollte es so, dass bereits nach wenigen Kilometern ein Unfall passiert war und ich von einem netten, ja so was findet man manchmal noch, LKW-Fahrer über CB-Funk davor gewarnt wurde.
Also nichts wie bloß nicht an die Unfallstelle kommen dachte ich mir, schaltete das Navi sofort aus und mir fiel da eine Abkürzung ein die ich schon einmal im Sommer gefahren bin.
Die Schilder waren so mit Schnee behangen, dass manchmal nur noch die Form zu erkennen waren. Der Ort Weiler, oder war es doch nicht Weiler kam und kam nicht.
Hatte ich mich etwa verfahren ? Bloß nicht, dachte ich. Bei diesem Wetter ist das wie ein Krimi. Ich hatte kein gutes Gefühl.
Steigung über Steigung ging es an einem Waldstück vorbei und ich hatte bereits Schweißausbrüche am ganzen Körper. Wie um Himmels Willen soll ich meinen Truck mit Anhänger aus dieser weißen Hölle je wieder rausbekommen?
Kurz darauf erblickte ich eine Wendeplatte, die ich in der Ferne ausmachen konnte und ich freute mich bereits darauf, hier zu Wenden und die ganze miese Strecke zurück zu fahren.
Doch es sollte anders kommen.
Also fuhr ich auf meine Wendeplatte und schlug das Lenkrad voll nach links ein um das ganze Fuhrwerk auf dieser schönen Fläche umzudrehen. Aber was war das plötzlich?
Ein lautes Knacksen war zu hören und ich ahnte nichts Gutes.

Nach dem Öffnen der Fahrertüre kletterte ich den Einstieg hinunter und versank erst einmal im Schnee, der mir fast bis zu den Knien reichte. Die Schuhe waren gefüllt mit schönen weißen Pulverschnee, ein Traum. Schön nass, die Strümpfe, die Hose, einfach alles.
Was war geschehen? Nun, die Antriebsachse vom Laster sackte in ein tiefes Loch welches natürlich vorher nie zu sehen gewesen war. Hier waren nahezu sibirische Gegebenheiten.
Wie komme ich hier bloß jemals wieder raus?
Meine Gedanken waren nicht vom Feinsten.
Ich drehte mich um, kein Bauer, kein Yeti, niemand der mir aus meiner bescheidenen
Situation helfen konnte.
Schneehaufen, Wehen, Schnee, alles nur weiß - sonst nichts.
In der Ferne jedoch erblickte ich einen Schneeberg unter dessen etwas vorborgen zu sein schien.
Also durch den Schnee gestapft und nachgeschaut, was sich da wohl darunter verbarg.
Einige alte Bretter und Gerümpel. Hat da wohl jemand vergessen den Sperrmüll abzuholen oder war es
Gottes Gnade, dass ich diesen Mist hier vorfand?
Ja, da sah ich auch ein uraltes Kanapee vor mir.
Sofort schossen mir Gedanken durch den
Kopf, wie ich dieses gute Relikt aus vergangenen Tagen missbrauchen werde.
Schnell zurück zum Fahrzeug, irgendwo musste ein alter Klappspaten sein, den ich einmal auf
einen Parkplatz gefunden hatte. Nach kurzem Suchen fand ich ihn und begab mich bewaffnet

mit Spaten und einem Brotzeitmesser zum Kanapee.
Man glaubt gar nicht wie widerspenstig so ein Möbelstück sein kann. Du haust auf das gute Stück ein und es federt zurück wie ein alter Radiergummi. Mann, was für eine Plagerei.
Ich brauche unbedingt die Innereien dachte ich mir. Die Matratze unter den Rädern sollte mir helfen wieder frei zu kommen. Weit gefehlt.
Nach gut einer Stunde hatte ich das tolle Sofa ausgeschlachtet, sodass sämtliche Federn freilagen.
Flugs die Teile unter die Antriebsachse und vorsichtig angefahren konnte ich mich nun befreien. Dies wäre jedoch fast schief gegangen.
Schon beim ersten Versuch flog die Matratze mit voller Wucht auf und davon in den Wald. Die hätte ich mit Sicherheit nicht mehr gefunden, so haben sich diese Geschosse verabschiedet.
Nach diesem herrlichen Tag trank ich erst einmal eine Tasse Tee und wünschte mir nur noch so schnell wie möglich oder besser, so sicher es ging von diesem Ort weg zu kommen.
Nach über eineinhalb Stunden hatte ich meine zweite Abladestelle erreicht, es war mittlerweile sechzehn Uhr geworden und niemand mehr vor Ort.
Die Leute hatten längst Feierabend und waren daheim.
Was für ein Tag - Feierabend !

DRESDEN ABGESOFFEN

Eingeschlossen im Hochwasser

August 2002. Auf Achse durch das schöne Sachsenland. Ich hatte wieder einmal den kompletten Hängerzug voller Ware die zu zwölf Baumärkten musste. Im Umkreis von Dresden und Freital, auch Weißig vor den Toren Dresdens gehörte dazu. Ein Tag an dem es wie aus Eimern regnete und kein Ende in Sicht. Zweimal musste ich mir schon trockene Jacken überziehen so durchnässt waren diese beim Abladen geworden. An jenem Tag hatte ich doch einen gewissen Stress, denn es mussten noch drei Märkte angefahren werden. Diese sollten von mir Werbeware bekommen und wenn ich nicht rechtzeitig bei den Kunden ankam musste meine Firma eine Konventionalstrafe zahlen. Also ran an das Zeug und Gas geben. Kaum beim vorletzten Markt vorgefahren, konnte ich noch sehen wie das Rolltor sich schloss und auf dem Schild stand: "Mittagspause von zwölf bis vierzehn Uhr." Das darf doch nicht wahr sein dachte ich und beschloss ein Nickerchen zu machen bis die Warenannahme wieder öffnete. Kaum hatte ich mich hingelegt, genoss ich den Regen, der auf das Dach niederprasselte und schlief ein.

Dann plötzlich klopfte jemand an meine Fensterscheibe. Hatte ich meinen Wecker etwa überhört? Ich sah auf meine Uhr. Ja, es war bereits kurz nach Zwei, der Lagerist des Marktes hatte mich geweckt. Er sagte ich möchte mich doch beeilen denn der

Hof stand bereits einige Zentimeter unter Wasser. Ich fuhr an die Rampe um abzuladen. Es dauerte vielleicht eine viertel Stunde dann war ich fertig. Der Lagerist gab mir meine Papiere und wünschte mir eine gute Weiterfahrt. Ich lief die Rampe entlang zur Treppe die in den Hof führte. Ich traute meinen Augen kaum. Das Wasser war in der kurzen Zeit
enorm angestiegen. Platsch! Meine Schuhe waren triefendnass. Das Wasser stand mir bis zu den Knöcheln. Das war eine gratis Kneipp-Kur. Schnell in das Fahrerhaus und Tür zu. Es begann nun richtig zu regnen. Ein Platzregen. Aber aus allen Rohren. Das Wasser konnte hier nirgends ablaufen, alle Kanaldeckel schienen abgedichtet zu sein Kein Abfließen des Wassers möglich. Einige Schachtdeckel hob es sogar auf durch den riesigen Druck. So etwas hatte ich noch nie gesehen. Alles triefte, schnell zog ich meine Schuhe und Strümpfe aus und zum Glück hatte ich noch ein paar als Ersatz dabei. Schlüssel rum, Motor gestartet und auf zum nächsten Kunden der bereits wartete. Aber ich kam nur bis auf die Hauptstraße. Dann war Stillstand angesagt. Nichts aber auch gar nichts ging mehr. Das Technische Hilfswerk, Feuerwehr, alles was Tatüü Tataa machen konnte war unterwegs. Luftlinie wären es etwa gut fünf Kilometer gewesen bis nach Heidenau, wo ich hinfahren wollte. Eine Strecke für die ich normalerweise zwanzig Minuten brauchte. Aber nicht an diesem Tag! Die ersten zehn Meter

waren nach einer halben Stunde bewältigt. Über Funk konnte ich nur von anderen Kollegen hören, dass es gut wäre da stehen zu bleiben, wo man gerade war. In und um Dresden herum war das
totale Chaos ausgebrochen. Das sind ja tolle Aussichten, dachte ich mir. Das Schicksal nahm seinen Lauf. Nach sage und schreibe drei Stunden kam ich dann sehr spät Nachmittags in Heidenau an. Es klingt jetzt verrückt, aber was ich in den letzten Stunden gesehen hatte, glaubt mir kein Mensch! Vor mir sackte ein Haus das an einer Böschung stand völlig in sich zusammen und verschwand in den Fluten. Ja, es waren sintflutartige Zustände! Übrig blieb kaum etwas. Geröll und Schlamm schwammen regelrecht über die Straßen.
Wenn man hier
noch von solchen berichten konnte. Überall nur noch Wasser. Menschen waren auf ihren Autodächern zu sehen. Außer dem Regen und dem ganzen Dreck und Müll, der umher schwamm, konnte ich keine Menschenseele sehen. Einige Male sah ich Hubschrauber von der Armee über mich hinweg fliegen, es waren tatsächlich kriegsähnliche Zustände! Es war schauderhaft, ich hatte kein gutes Gefühl. Abladen brauchte ich nun auch nicht mehr, die Tore hier waren alle verschlossen. Feierabend. Ich konnte es nicht ändern und parkte im hintersten Teil des Parkplatzes neben der Warenannahme. Der ganze Platz stand regelrecht im kloakeartigem trüben

Wasser. Die Menschen warteten in ihren Autos, vermutlich bis der Regen nachlassen würde. Das war
aber nicht der Fall. Es hörte einfach nicht mehr auf. Im Radio brachten die Sender, dass
Dresden und Freital in einem Ausnahmezustand waren und die Einwohner sollten sich in Schutz begeben. Erdrutsche und völlig überschwemmte Straßen würden kein Passieren ermöglichen. Das war dann das Ende an diesem Tag. Ich versuchte meine Familie anzurufen aber es gab keine Verbindung. Alles war unterbrochen. Eigentlich wollte ich einen Moment abwarten an dem der Regen nachlässt aber es wurde immer schlimmer. Dort wo ich stand das war ein Einkaufsmarkt. Ich nahm allen Mut zusammen und rannte so schnell ich konnte in diesen, um
mir einige trockene Sachen zu besorgen. Meine komplette Kleidung war pitschnass und ich brauchte was Neues. Die Leute im Eingangsbereich standen sorgenvoll da und niemand traute
sich hinaus auf den Parkplatz zu seinem Fahrzeug. Es war irgendwie gespenstisch. Nun
besorgte ich mir fünf Paar Socken, eine neue Jeans, eine neue Jacke und sogar noch neue Schuhe. Mann, das war ganz schön teuer! Mittlerweile hatte ich auch einen Bärenhunger und nahm mir am Imbiss noch einen schöne warmen Broiler mit. Flugs rannte ich zum Laster und verspeiste erst einmal den leckeren Vogel. Mittlerweile war es dunkel geworden. Der Regen hatte nicht eine Minute nachgelassen. Ich hatte beim Einkaufen im Markt noch mitbekommen

wie der Marktleiter die Kunden aufrief hier zu übernachten. Es gab anscheinend keine andere Wahl. Der Fernsehempfang in meinem Truck war wie zu DDR-Zeiten, kein Empfang im Tal der Ahnungslosen! Also hörte ich noch eine Stunde Radio (MDR). Die Meldungen wurden immer schlimmer. Irgendwann bin ich wohl eingeschlafen. Die Nacht hindurch vermochte ich Geräusche wahrzunehmen wie Sirenengeheul, Helikopter, wie in einem Actionfilm. Aktschn hätte der Schwarzenegger gsogt. Es war keine gute Nacht. Am nächsten Morgen so gegen sieben bin ich aufgewacht und es hatte tatsächlich aufgehört zu regnen. Was sich aber da draußen abspielte war der reinste Horror. Der Parkplatz stand so unter Wasser dass ich nicht einmal aussteigen konnte um meine Notdurft zu verrichten, geschweige denn auch nur eine Fuß vor das Fahrzeug zu setzen. So etwas bekommt man nicht alle Tage zu sehen. Dresden war komplett abgesoffen und ich fast dazu. Irgendwann im Lauf der nächsten beiden Stunden kamen auch hier Mannschaften vom Technischen Hilfskraftwerk an die versuchten das Wasser abzupumpen. Was ihnen auch gelang obwohl ich da meine Zweifel hatte. Es war mittlerweile Mittag geworden und ein Abladen im Markt konnte erfolgen. Ich kannte einige Mitarbeiter schon von früheren Zeiten und sie erzählten mir, sie hätten alle im Markt übernachtet. Die letzten Stunden waren nicht nur für mich ein unbeschreibliches Abenteuer gewesen. Die ganze Welt hatte mitgezittert. Meinen letzten Kunden erreichte ich dann erst am späten Abend, in Freital. Normalerweise hätte ich von Heidenau nach Freital vielleicht eine dreiviertel Stunde gebraucht, heute allerdings einen Tag. Aus meiner Zwei-Tages-Tour wurden somit drei Tage die ich mit Sicherheit in meinem Leben nicht vergessen werde!

FORTSCHRITT A LA DDR

Fortschritt T 174-2

Irgendwo in der Nähe zwischen Radeberg bei Dresden und Großenhain fuhr ich an diesem Septembertag entlang. Froh darüber, nur mit der Zugmaschine allein und ohne Anhänger unterwegs zu sein. Denn es regnete schon wieder einmal den ganzen Tag über wie aus Eimern. Vor vielen Ortschaften waren noch diese dunklen Steinpflaster verlegt, die bei Nässe verdammt rutschig sein konnten. Vorsicht war geboten. Ein paar Trabbis fegten über die Strasse, Röng-Döngdöngdöng, hier und da eine Schwalbe mit endlos aus dem Auspuff rauchenden Abgasen des Zweitakters, kaum Verkehr. So musste das Ende der Welt aussehen, dachte ich mir und musste schmunzeln. Schwalben (echte Vögel diesmal) flogen heute recht tief. Noch etwa eine Stunde bis zu meinem Feierabend. Bis Wurzen wollte ich fahren. Das liegt kurz vor Eilenburg. Aber soweit kam es an diesem Tag nicht mehr. Am Ortsende von Riesa staute sich der Verkehr. Keiner wusste warum. Normalerweise eine gut befahrbare Landstraße. Es ging nur zögerlich voran. Es musste so eine halbe Stunde vergangen sein, da sah ich auch schon den Grund der Verkehrsbehinderung. Ein Baufahrzeug war anscheinend von der Fahrbahn gekommen. Die Polizei war bereits vor Ort und regelte den Verkehr. Ein azurblauer Trabant de Luxe mit weißem Dach durfte noch passieren. Röng-Döngdöngdöng, zog er davon. Ein Vop-äh

Streifenbeamter kam auf mich zu und fragte ob ich denn behilflich sein könne, den in den Graben gerutschten Bagger zu bergen. Konnte ich das überhaupt? Meistens haben Kipper Stahlseile dabei,
aber von den Jungs war leider keiner hier. Ein Seil sei nicht das Problem, erwiderte der Beamte und hielt hinter mir den Verkehr an. Mit eingeschaltetem Warnblinker fuhr ich auf den havarierten
Bagger zu und war gar nicht so erstaunt, warum dieser in die Böschung rutschte. Die Gummireifen mit denen er unterwegs war, sahen eher aus wie Slickreifen von einem Indoor Cart. Die Bergungsaktion dauerte vielleicht zehn Minuten und ich war ganz stolz darauf, dem armen Baggerfahrer sowie der Staatsmacht behilflich gewesen zu sein. Das Vehikel sah aus, als käme es von einem andern Stern. Ich fragte den Baufahrzeugführer noch, was das wohl für eine Marke sei.
Er bedankte sich erst einmal bei mir recht herzlich und fügte hinzu: "Mei Gudster, än Fortschritt de Hunnertvierunsibbzisch" Ich musste lachen, wünschte ihm noch allzeit Gute Fahrt und war glücklich
einem "Vierunsibbzisch" aus der Klemme geholfen zu haben!

KALT, KÄLTER, SAUKALT - GUTE NACHT

Frisch wie aus der Quelle

Ein sehr heißer Sommertag im Juli.
Die ganze Woche schon knallte die Sonne vom Himmel.
Gerade hier in der Gegend um Leipzig war es kaum erträglich.
Zehn Abladestellen hatte ich bereits seit gestern hinter mich gebracht,
die Uhr zeigte bereits spät Nachmittag so gegen sechs.
Nichts wie raus aus dem Brutkasten, dachte ich nur noch und versuchte vergeblich
seit Stunden wieder einmal eine Pension, ein Hotel oder dergleichen zu finden.
Du fährst herum wie ein verrückt gewordenes Huhn, du schaust und fragst dich durch, keiner
kennt hier niemanden und nichts. Zum Haare raufen wenn noch welche da wären!
Alles klar, nach bereits siebzig abgespulten Kilometern ein Schild mit dem Aufdruck
Pension - was für eine Erlösung.
Der Hotelier begrüßte mich mit einem sächsischen Däách und n Zimmer hammor ooch nosch
für disch. Hurra!
Klamotten noch schnell aus dem Karren geholt, eingecheckt in die gute Stube, ich habe fertig.
Mann was für ein Affenhitze war das heute. Nur noch ein Gedanke im
Kopf: nichts wie unter die Dusche!
Mit Shampoo und Duschgel bewaffnet erklomm ich das Duschbecken, drehte das Wasser an
und stelle mich unter das angenehme Nass.

Doch was passierte da? Nach gut einer Minute,
kam das Wasser nur noch klirrend kalt aus
dem Hahn!
Ist denn heute Kaltbadetag oder hat die volkseigene
Betriebswäscherei Bedarf an warmem
Wasser?
Mein Gott, ich steh hier, irgendwo, vierhundert
Kilometer weg von zu Hause, Schaum von
Kopf bis Fuß und nur kaltes Wasser...Mei Gudster!
Irgendwie habe ich dann doch noch diese
Kneippsche Kur überlebt ohne einen Herzkasper
und Erfrierungen zu bekommen.
Die Abkühlung hat mir gut getan und ich schlief die
ganze Nacht durch bis zum nächsten Morgen.
Ohne zu Duschen wurde der neue Tag begonnen!

MIETZE KNALLT VOLL GEGEN DIE SCHEIBE

Horror-Katzen

Im Sommer kommt es schon einmal vor, dass ich bei mir zu Hause vergesse, dass Garagentor am Abend zu
schließen. So auch damals. Am Auto waren beide Fenster ganz geöffnet und das Tor stand sperrangelweit offen. Die ganze Nacht.
Da ich bereits am nächsten Tag sehr früh mit dem Truck losfahren musste, stand ich fast wie immer um drei Uhr in der Nacht auf, frühstückte und begab mich zur Garage hinaus.
Es war wie immer, alles ruhig, nichts und niemand zu sehen oder zu hören.
Ich öffnete die Autotür und stieg ein. Plötzlich ein lauter Knall an der Innenseite der Windschutzscheibe. Irgendetwas fauchte, schoss an meinem Kopf vorbei und schon knallte es an die Heckscheibe.
So ging das zwei, drei Mal. Mein Herz klopfte wie wild und ich konnte nicht erkennen mit was für einem Monster ich es zu tun hatte.
Nichts wie raus aus dem Auto, zum Lichtschalter gerannt und die Garage war hell erleuchtet.
Was starrte mich da an? Eine kleine, junge, schwarze Katze hatte meinen Kreislauf zum toben gebracht und ihren wahrscheinlich dazu.
Da fällt mir ein, so ein ähnliches Erlebnis hatte ich bereits vor mehr als zwanzig Jahren.
Wir wohnten damals noch in einer Kellerwohnung mit großer Terrasse in Würzburg.
Meistens, wie im Sommer üblich schliefen wir mit geöffnetem Fenster.

Eines nachts träumte ich von wilden Tieren, es war so ein richtiger Alptraum. Mit lustigen blutrünstigen Ungeheuern, Aliens und allem, was es eben zu dieser Zeit so gab.
Irgendwann mitten in der Nacht hörte ich so im Unterbewusstsein ein Knurren, ich konnte es nicht zuordnen, war es dieser Traum oder Wirklichkeit.
Meine Hand führte ich nach oben Richtung Kopf, warum weiß ich nicht, ich verspürte ein Fell und ein auf und Ab des Körpers und war so sehr erschrocken, dass ich wie vom Teufel geritten mit einem wahnsinns Herzklopfen aus dem Bett sprang und Licht im Zimmer machte.
Da sah ich auch schon dem Urviech ins Gesicht, es war eine ganz junge Miezekatze. Grau gestreift mit leuchteten Augen.
Ein Traum gepaart mit Realität war zum Alptraum geworden.

GULASCH AUS DER DOSE UND BLAU DAZU

Kornblumenblau

Es war Sommer und ich fuhr entlang der Mosel. Ein herrliches Stück Natur. Die Fahrbahn, die Radwege, die Mosel, alle schlängeln sich hier entlang. Mal links, mal rechts herum. Die Fahrt ging von Trier über Bernkastel Kues, ja so heißt der Ort wirklich, nach Reil. Das Nest muss man nicht kennen. Ich sollte am nächsten Tag ein paar Fahrräder dort zu einem Velohändler bringen.

Die Fahrzeit war so gut wie voll, was bedeutete, dass ich so schnell wie möglich mir ein schönes ruhiges Örtchen suchen musste, um dort zu nächtigen. So fuhr ich noch ein paar Minuten durch diese wunderschöne Gegend. In der Ferne sah ich bereits einen Parkplatz.

Schön abseits der Straße gelegen und höchstwahrscheinlich so ruhig, dass sich Hase und Igel

hier Gute Nacht wünschen würden. Ich war der einzige Mensch hier weit und breit, außer ein paar Radler die

auf dem Radweg dahin fuhren. Die Tachoscheibe war gewechselt, Feierabend! Den Bunsenbrenner hatte ich angeschmissen, es gab an diesem Abend Gulasch mit Nudeln.

Fertiggericht selbst erhitzt. Dazu gönnte ich mir an diesem lauschigen Abend ein leckeres Bier. Nach gut fünf Minuten war die Fertigmampfe heiß und ich begann zu dinieren.

Geschmack gleich null, aber ein Fünf-Sterne-Menü ist in der Wildnis nicht so einfach zuzubereiten. Mahlzeit! Etwas Warmes braucht der Mensch und zum runterspülen das lecker gekühlte Bier aus dem Bordkühlschrank! Prost! Die Dämmerung brach so allmählich herein, der Mond am Himmel leuchtete und die letzten Vögel zwitscherten ihre Arie. Ich beschloss an so einem herrlichen Abend keinen Fernseher anzuschalten und stattdessen noch einen Verdauungsspaziergang zu machen. Gesagt getan. Ich war gerade mal einen Kilometer gelaufen, da sah ich einen Staudamm. Hier gab es wohl ein Wasserkraftwerk. Da wollte ich meine Runden drehen und war gespannt, was es dort alles zu sehen geben würde. Die Gischt war bereits von weitem zu Hören. Gigantisch wie das Wasser hinunter schoss. Ich versuchte mal etwas näher an das Ausgleichsbecken zu kommen. Aber hier war alles eingezäunt, da kam ich nicht durch. Nebenan befand sich ein Getreidefeld, von da aus hätte ich vielleicht eine Chance gehabt, näher an das Becken zu kommen. Ich stapfe am Rain entlang und tatsächlich, hier ging es ziemlich steil nach unten. Rumms, das war offensichtlich zu steil. Ich rutsche über ein paar Felsbrocken runter in Richtung Wasser. Keine Ahnung wie viele Steine es gewesen waren, aber meine Arme und Beine hatten es gespürt. Karacho! Jetzt lag ich hier, hoffte es hatte niemand gesehen, wie ich die Böschung abstieg. Ich schaute mich um. Keine Seele. Nur ich und ein paar herrlich duftende Kornblumen. Die blühten genauso schön blau wie die Flecken, die ich so

nach und nach an meinen Unterarmen entdeckt hatte. Dabei wäre im Fernsehen bestimmt irgend ein Krimi gelaufen. Beim anschließenden Aufstieg musste ich mich gefühlt haben wie Luis Trenker. Nur älter! Nun, so ging ich dann etwas langsamer zurück in Richtung Parkplatz. Es war mittlerweile dunkel geworden. Nach dem abendlichen Ritualen, wie Zähne putzen, sich ein paar
Liter Wasser über den Schädel schütten, und der Abendtoilette begab ich mich in die Koje um in aller Ruhe zu schlafen bis zu schlafen. Kaum schlossen sich meine Augen hörte ich ein paar Autoreifen auf den Parkplatz rollen. Aber dem Geräusch nach mussten es mehrere Fahrzeuge sein. Ich schob meine Gardinen zur Seite und sah, dass sich ein ganzer Pulk von Autos mit Wohnanhängern näherte. Es waren Landfahrer, Sinti oder Roma? Platz war ja genug vorhanden. Aber warum mussten die jetzt und ausgerechnet hierher kommen? Sie stiegen alle aus und dann ging es da draußen rund wie auf einem Jahrmarkt. Türen knallten, Gläser und Flaschen klirrten, ja, sogar ein Feuer hatten die da angezündet. Es wurde erzählt und gelacht. Kinder schrien herum. Das ging die nächsten zwei, drei Stunden noch so zu. Dann war endlich Ruhe. Ein schöner ruhiger Parkplatz eben.

AUSGERUTSCHT IM SCHNEE

Mit Schippe und Wachnhäbor

Mei Gudster, das waren meine ersten Gedanken als ich die Tourenplanung für die nächsten zwei Tage vor mir liegen hatte. Erzgebirge. Und das im Winter, dachte ich. Das konnte ja heiter werden. Die Nacht bevor es losgehen sollte, konnte ich fast kein Auge zudrücken vor lauter Gedanken an die beiden bevorstehenden Tage im tief verschneiden Erzgebirge.
Also machte ich mich bereits mitten in der Nacht so gegen zwei Uhr auf den Weg. Sibirien lässt grüßen, Frau Holle hörte gar nicht mehr auf ihre Betten auszuschütteln.
Kurz vor Hof wurde es dann etwas freundlicher, was die Straßenverhältnisse anging.
Vogtländer Dreieck in Sicht, jetzt rechts Richtung Dresden bis zur Abfahrt Frankenberg.
Erster Kunde war ein Fahrradhändler in Öderan, einem kleinen Nest zwischen Chemnitz und Freiberg. Erstaunt war ich in diesen Stunden, dass bereits der Winterdienst ausgerückt war, der ja bekanntlich meistens erst auftaucht, wenn es zu spät ist. Die Sachsen sind auf Zack, dachte ich so bei mir. Meine Meinung sollte sich aber nach gut zehn Minuten schlagartig ändern.
Wenige Laster und eine Hand voll Autos wagten sich ins Schneeabenteuer. Pirk, Plauen, alles lief gut. Bis ich einen Kollegen über Funk hörte, der mitteilte, dass ab der Anschlussstelle Hartenstein nichts mehr ging wegen Schneeverwehungen. Mist, sagte ich laut und schon

kreisten meine Gedanken wie ich das ganze Schlamassel wohl umfahren könnte. Mir war klar, dass es bei diesem Sauwetter nicht einfach wäre die Autobahn zu verlassen. Aber schlimmer als ewig im Stau zu stehen, konnte es auch nicht sein. Ich fuhr bei Kirchberg ab um nach Aue, einer wirklich schönen Kleinstadt im Gebirge zu gelangen. Die Straßen waren geräumt und sehr wenig Verkehr. Ein gutes Gefühl. Es wurde draußen kälter, das Thermometer zeigte im Display bereits minus sechzehn Grad an. Schön dachte ich, dass wenigstens die Heizung funktioniert. Schon bald war Aue vor mir und ich entschied weiter über Annaberg nach Öderan zu fahren, denn auf der Autobahn würde es früher oder später zu zahllosen Staus kommen. Nun, irgendwann bekommt man mal ein menschliches Bedürfnis und ich hielt Ausschau nach einem Parkplatz. Ein bisschen frische Luft schnappen würde auch gut tun und eine kurze Rast gibt verloren gegangene Energie zurück. Lange brauchte ich nicht zu fahren, da sah ich bereits ein Einbuchtung am Straßenrand. Das war mein Pauseplätzchen.
Blinker gesetzt und Schwuppsdiwupps, wie sollte es auch anders kommen, rutschte ich auf den spiegelglatten Untergrund in die unbefestigte Lichtung. Endlich, ein paar Minuten Erholung, eine Tasse warmen Tee, eine Kleinigkeit essen. So sollte es sein.
Nach zirka zwanzig Minuten hatte ich meine Vorräte verstaut und es konnte weitergehen.

Richtung Annaberg. Motor an, Gang rein und, ich gab Gas und nichts bewegte sich. Im
Spiegel konnte ich nichts erkennen, also Tür auf und rausgeguckt. Na toll, die Achse hatte sich
so richtig tief in eine Mulde gegraben. Kein Vor und kein Zurückkommen. Aus. Basta.
Ich saß fest im Niemandsland, mitten im Winter, im Erzgebirge, kein Mensch weit und breit.
Irgendwas blinkte durch den Bäumen hindurch, ein Blitzen, ein helles Leuchten konnte ich sehen.
Super, ein Fahrzeug vom Räumdienst. Ich suchte meine Taschenlampe, die irgendwo im
Laster sein musste. Ich hatte sie gefunden, doch leider ohne Funktion. Das auch noch. Vorsichtig stellte ich mich
an den Straßenrad um auf mich aufmerksam zu machen. Glück gehabt. Die Engel in Orange hielten an. Sofort war klar, die beiden Außerirdischen in leuchtender Farbe würden mir helfen.
Zwei Gestalten stiegen aus ihrem Multicar aus und riefen mir "Morschn" zu. Ja, morsch war
der Untergrund wirklich. Der eine fragte mich, ob ich einen "Wachnhäbor" hätte um die
versunkene Achse anheben zu können. Dann ging es auch schon zur Sache. Mit Schippe und
Sand. Sein Genosse fragte mich, warum ich denn kein Warnlicht aufgestellt hätte um andere
von der Gefahrenstelle zu warnen. Da konnte ich ihm nur erwidern, dass die Batterien leer
waren. Er drehte sich um und rief dem anderen Alien zu meine "Schdablambnbadderieh ist

hinne". Da musste ich trotz eisiger Kälte richtig lachen. Nach kurzem Hin und Her brachten wir drei Jungs die Kiste wieder auf festem Untergrund und die Fahrt konnte weitergehen. Die beiden Helfer meinten jetzt könne der "Bargbladswäschdor dahinne" ziehen. Ich dankte den helfenden Händen und fuhr durchgefroren los in Richtung Öderan.

ABORT AUF DER AUTOBAHN

Regenschirm auf der Autobahn und Weiteres aus dem Truckeralltag

Da gibt es dann noch so Dinge über die darf auch mal geschmunzelt werden. Wie kommt ein Regenschirm auf die Autobahnbaustelle oder für was brauchen Trucker große Kanister Wasser? Das ein Ameisenhaufen keine guten Eigenschaften hat und ein internes Rennen nicht immer Sieger hat.
Aber schön der Reihe nach. Es geschah auf de Autobahn A4 vom Hermsdorfer Kreuz in Fahrtrichtung Erfurt. An einem Herbstnachmittag war wie fast immer endloser Stau auf der Bahn. Der Grund unbekannt. Es regnete in Strömen. Also schaut man mal wer so neben einem im Stau steht, der eine oder andere steigt aus um mehr zu erfahren oder um ein Plauderstündchen zu halten. Aber was passierte da vor meinen Augen? Leute, dachte ich, warum bleibt ihr nicht bei diesem Sauwetter in eueren Autos sitzen? Eine Frau stieg aus, tippelte nach hinten an ihrem Kofferraum, öffnete diesen und holte sich einen Regenschirm heraus. Was nun geschah verschlug mir fast das Atmen. Sie kletterte über eine Absperrung. Dahinter befand sich eine Baustelleneinrichtung. Da standen so Kanalrohrringe aus Beton übereinander gestapelt. Die Dame holte mit einem kräftigen Hüftschlag aus und sprang in einem dieser Betonteile. Der Schirm lag obenauf. Ein Bild. Anscheinend war es ein wichtiger

Termin gewesen. Nach kurzer Zeit stieg sie wieder hervor und ging mit errötetem Gesicht auf ihr Auto zu und fuhr weiter, da sich in der Zwischenzeit der Stau aufgelockert hatte.

Um beim Thema Wasser zu bleiben. Fernfahrer sind irgendwie so etwas wie Dauercamper und Zigeuner im positiven Sinn. Ich selbst hatte meistens zwanzig oder vierzig Liter Wasser bei mir im Truck. Wofür werden sich wohl einige fragen. Ganz einfach. Bei euch zu Hause gibt es fließendes Wasser. Im Laster leider nicht. Irgendwie muss man sich dann doch mal die Hände waschen. Ich benutzte im Sommer die Kanister um mich damit zu duschen. Das funktioniert ganz einfach. Stell die Teile in die Sonne bis sie warm geworden sind. Dann wenn es Dunkel wird haust du dir das Zeug kopfüber. Es reicht zum duschen. Garantiert.

Nicht nur auf der Bahn geht es zu wie bei den Ameisen. Nein. Auch neben der Spur. Ich habe es selbst erlebt. Im Sommer war es, kurz vor Schweinfurt, ich hatte nur noch wenige Kilometer bis in die Firma. Aber wie das Schicksal es so wollte, ein Reifenplatzer und kein Parkplatz in Sichtweite. Also sicherte ich mein Fahrzeug schön brav ab - mit Warndreieck, Warnlicht, Warnblinkanlage usw.. Zum Glück gibt es ja Handys. Ich rief den Pannendienst an, der sollte sich zu mir auf den Weg machen. Denn alleine und ohne geeignetes Bordwerkzeug

bringt es niemand fertig einen Lasterreifen zu wechseln. Um in eine gewisse Sicherheitszone zu gelangen stellte ich mich an den Seitenstreifen hinter der Leitplanke und warte. Aber was juckte da und lief mir da an beiden Hosenbeinen hoch! Ameisen, Riesenameisen! Das auch noch. Ich zog mir die Hose runter, es wird wohl niemanden stören, dachte ich und versuchte die Viecher
abzuschütteln. Ich entschloss dann doch lieber im Fahrerhaus auf das Eintreffen des Pannendienstes zu warten.

Geschehen auf der Piste 72 von Chemnitz in Richtung Dresden ist ein Rennen ohne wirklichen Sieger. Da fuhren wie so oft zwei Fahrzeuge von der gleichen Firma ziemlich schnell und sehr dicht dahin. Das kann auf Dauer nicht gut gehen, dachte ich mir. Die beiden überholten ständig, fuhren wie vom Affen gebissen. Termindruck, Chefsache? Keine Ahnung.
Auf einmal so nach einer halben Stunde verlangsamte sich der Verkehr. Stau! Als ich irgendwann an der Unfallstelle vorbeikam sah ich die beiden Rennfahrer. Der eine war dem Anderen hinten rein gefahren. Super, dachte ich, das hat sicher Spaß gemacht und jetzt habt ihr erst einmal Zeit, oder?

TATÜTATA W 50

Roster für die Feuerwehr

Den ganzen Tag kutschiere ich bereits kreuz und quer durch Thüringen. Saalfeld, Schleiz, Gera, Jena, das ganze Programm. Alles lief wie am Schnürchen. Kaum Wartezeiten beim Abladen an den Baumärkten. So machte die Sache auch mal Spaß. Die Sonne schien bei gut achtundzwanzig Grad Celsius. Ein klasse Sommertag. Zwischendurch gönnte ich mir sogar heute mal ein Eis beim Italiener. Pene! So viel schlechte und stressige Tage wie es leider sehr oft gibt, so sind diese zur Abwechslung auch mal klasse. Das Radio trillerte die neuesten Hits und die Straßen waren wie leergefegt. Urlaubszeit halt. Ein, zwei Kunden vielleicht noch dann wäre Schluss für heute. Gegen Nachmittag erreichte ich Weimar und konnte dort noch entladen. Die Fahrzeit lag im grünen Bereich und ich machte mich auf den Weg nach Sömmerda, was etwas oberhalb von Weimar liegt. Ich kenne da ein schönes lauschiges Plätzchen, wo ich mir vorgenommen hatte zu nächtigen. Mitten in der Prärie, einsam und verlassen und ruhig. Kurz vor dem gesagtem Platz kaufte ich mir in einem Supermarkt noch ein paar Vorräte und fülle meinen Bordkühlschrank auf. Bei meinem Einkaufsbummel im Markt entdecke ich einen Einweggrill. Eigentlich nicht so gut, was die Umwelt angeht, dachte ich mir. Aber so ein leckeres Steak oder ein paar Bratwürste zum Dinner das wärs! Dazu ein gekühltes

Feierabendbier! Leider waren an diesem Tag wahrscheinlich noch andere Leute auf diese Idee gekommen, denn Steaks waren alle ausverkauft. Kein Problem, dann sollte es eben Grillwürste geben.
Die einzigen Würschtli, die ich ergattern konnte, waren abgepackt. Sechs Stück oder keines. Vielleicht die restlichen Roster dann am nächsten Tag kalt verspeisen? Beim Bäcker wurden dann noch Brötchen geordert und
ich machte mich auf den Weg Richtung Sömmerda. Nach gut einer halben Stunde kam ich an "meinem" Parkplatz an. Wie gewünscht war ich der einzige Trucker, der diesen tollen Platz für
sich sein Eigen nennen durfte. Ich hatte einen Bärenhunger. Also las ich die
Gebrauchsanleitung durch, wie man denn so einen Einweggrill bedient und schwupps die
wupps ging es auch zur Sache. Ein paar Meter neben dem Fahrzeug befand sich eine Bank
und ein Tisch aus Stein, was sich sehr gut zum Essen eignete. Schön, an der frischen Luft.
Kaum hatte ich den Spezialgrill angeworfen, begann es zu tröpfeln. Aus dem Tröpfeln
wurde ein richtiger Regenschauer. Ich beschloss trotzdem meinen Speiseplan nicht zu ändern
und bestieg die Ladefläche um weiter zu brutzeln. Die Holzkohle rauchte, nein sie qualmte
wie verrückt und die gesamte Ladefläche verwandelte sich in eine Disko mit
Nebelschwaden. Ich machte mich auf den Weg zum Fahrerhaus um die Original Thüringer

Roster zu holen und um etwas Frischluft zu schnappen. Für die paar Meter, die ich lief, wurde ich triefend nass. Nachdem die Würstchen aufgelegt waren, purzelte auch schon die Erste in die glühende Kohle und verwandelte sich in ein stinkendes schwarzes Etwas. Der Rauch wurde immer heftiger. Ich zuckte zusammen, als mich wie aus heiterem Himmel eine Stimme zurief: Brauchste Hilfe? Ein Feuerwehrmann in Uniform stand da draußen im Regen. Völlig verdutzt musste ich erst die Lage koordinieren. Ich bat ihn zu mir auf die Ladefläche, damit er nicht völlig durchnässte. Er sagte mir, er und sein Kollege waren gerade auf einer Feuerwehrübung und nun auf dem Heimweg. Als sie den Rauch aus dem LKW aufsteigen sahen, wollten sie nach dem Rechten sehen. Da ich doch so viele Roster gekauft hatte lud ich seinen Kollegen noch ein und wir verspeisten die ganzen leckeren Thüringer. Ein paar Witze wurden erzählt und der Regen hatte in der Zwischenzeit auch nachgelassen. Die Männer bedankten sich für die Roster und ich musste mir keine Gedanken mehr machen, was ich mit den restlichen Würstchen machen werde. Nur eines hatte als i-Tüpfelchen gefehlt: Original Bautzener Senf!

DIE FAHRT ZUR SACKPFEIFE

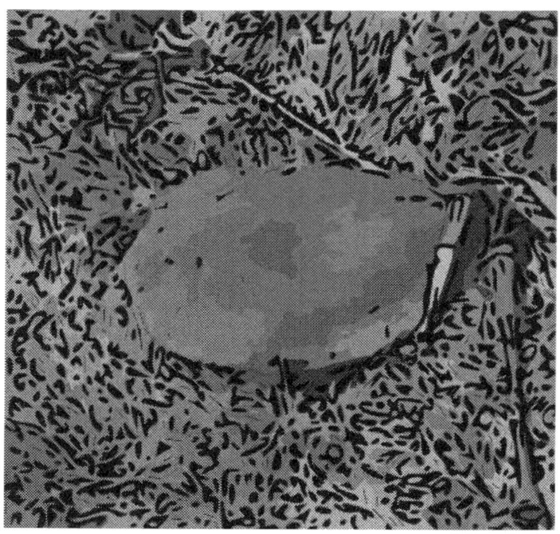

Allein auf der Sackpfeife

Immer wieder gerne fuhr ich meine Zwei-Tages-Touren im Großraum des Rothaargebirges. Die Menschen die dort leben gehören zur Spezies der Hessen. Die Abladestellen waren meistens Märkte einer großen Lebensmittelkette. Auch Baumärkte gehörten zu dieser. Die Warenannahmezeiten waren echt klasse, im Prinzip konnte man fast den ganzen Tag über anliefern. Die Tour führte mich meistens von Alsfeld über Kirchhain nach Stadtallendorf. Die meisten Mitarbeiter kannte man ja jahrelang. Hier und da ein nettes Gespräch, manchmal bekam ich auch einen Kaffee angeboten. Nette Leute. Zeitdruck gab es nie an den beiden Tagen, ich konnte mir immer aussuchen wen ich wann beliefern wollte, es war locker zu schaffen. An diesem Tag hatte ich richtig Glück und musste bei keinem Kunden warten, nie war auch nur ein Kollege vor mir und so ging alles wie geschmiert. Nachdem ich in Stadtallendorf gegen Mittag abgeladen hatte, machte ich mich auf den Weg Richtung Biedenkopf. Die Strecke ließ sich wunderbar fahren, zwar kurvenreich, bergauf und ab, fast schon elegant. Im Radio spielte der Hessische Rundfunk Oldies, die Sonne blitzte durch die Bäume hindurch. Kaum Verkehr. Der nächste freie Parkplatz wurde angesteuert, an dem sich auch einige Tische und Bänke befanden. Kurzum nahm ich mir eine Decke und ein Kissen,

legte mich auf eine dieser Holzbänke und machte ein Nickerchen. Länger als geplant. Denn ich hatte tatsächlich meinen Wecker anscheinend überhört und war tief eingeschlafen. Nach gut zwei Stunden war ich wieder unter den Wachenden. Schlaftrunken kletterte ich den Einstieg
des Lasters hoch, hatte nun überhaupt keinen Bock mehr weiter zu fahren. Davon abgesehen war es auch schon fast halb vier gewesen und eine weitere Anlieferung ausgeschlossen.
Da der Parkplatz aber direkt neben der Hauptsrasse verlief und ich keine Lust hatte hier zu nächtigen, beschloss ich nun doch noch einige Kilometer weiter zu reisen. Vielleicht gab es eine ruhigere Stelle. Der Ort Wetter, der heißt wirklich so, kam. Schönes Wetter in Wetter, dachte ich. Am Ortseingang gab es eine Bäckerei wo ich mir noch ein paar Brötchen kaufte.
Im anschließenden Verlauf der Straße kam ein Hinweisschild auf dem nur "Sackpfeife" stand.
Was ist denn eine Sackpfeife, ging es mir durch den Kopf - Ein schottisches Musikinstrument?
Das wollte ich nun wissen und fuhr weiter. Es ging steil nach oben, mitten durch ein Waldstück. Das Hinweisschild "Sackpfeife" hatte ich eben passiert, ich fuhr daran vorbei.
Nach kurzer Strecke konnte ich drehen und fuhr zurück. Da kam der Wegweiser und zeigte in den Wald hinein. Ob ich hier entlang fahren konnte? Warum nicht, waren meine Gedanken und so bog ich ab. Der Weg schien ziemlich eng zu sein, hoffentlich kommt da keiner

entgegen! So richtig traute ich mich nicht und ich hielt an. Vögel zwitscherten, der Wald über mir, ein Klima wie im Amazonas. Wasser lief in kleinen Bächen kreuz und quer. Nein, hier übernachten das ist nicht möglich. Also nahm ich meinen ganzen Mut zusammen und fuhr weiter den Berg hinauf. Mann oh Mann, immer steiler und die Bäume streiften immer wieder das Dach des Fahrerhauses. Ob hier schon jemals ein Laster entlang fuhr? Nach gut zehn Minuten war ich oben. Ich sah eine geöffnete Schranke, zum Glück. Denn wäre sie geschlossen gewesen hätte ich wohl die gesamte Strecke rückwärts hinunter fahren müssen. Ich fuhr weiter. Mitten auf einen riesigen Parkplatz kam ich zum stehen. Ein Ausflugsziel! Außerhalb der Saison, keine Menschenseele weit und breit. Ich parkte mitten auf einem Busparkplatz und stieg aus. Erst einmal das ganze Areal erkundigen. Herrlich, ich war auf der Sackpfeife! Einige Schafe tummelten sich auf der Wiese, Skilifte, Kioske und sogar eine Rodelbahn waren da. Hier konnte ich mit Sicherheit in aller Ruhe übernachten. Was für ein schönes Fleckchen Erde. Und Ruhe. Ich genoss die Nacht, und außer ein paar Eulen, Schafe und zwei webcams war ich der einzige Gast auf der Sackpfeife.

SCHNARCHZAPFEN

Schnarchende Köche

Auch an jenem Julitag war ich schon sehr lange auf Achse. Genau gesagt am Limit des Gesetzgebers. Dringend suchte ich nach einem Hotel, einer Pension, irgendwas zum übernachten halt. Im Sommer in der Hauptsaison gar nicht so einfach.

So nach gut einer halben Stunde und unzähligen Anfragen fand ich dann doch noch ein Domizil in der Nähe von Rosenheim.

Es war eine gewöhnliche Gastwirtschaft in der auch einige primitiv ausgestattete Zimmer angeboten wurden. Aber egal, die Hauptsache ein Bett und eine Dusche.

Was mich überraschte war, dass ich am Abend dann auf einen Arbeitskollegen traf, der auch in der Nähe zu tun hatte. Er war Engländer und wir verstanden uns recht gut. So haben wir dann auch gemeinsam unser Abendessen eingenommen. Ein oder auch zwei Bier dazu getrunken, rumgealbert und das eine oder andere Thema des Tages aufgegriffen.

Die Zeit verging wie im Flug und es war mittlerweile fast Mitternacht geworden. Der Wirt beschloss nun sein Lokal zu schließen und wir gingen auf unsere Zimmer.

Nie Nacht war brütend heiß und ich konnte kaum schlafen. Schnell war es wieder hell und ein neuer Tag brach an.

Mein Kollege und ich trafen uns so gegen halb sieben in der früh und wollten noch schnell

unsere Tachoscheiben einlegen, da wir damals nach diesen unsere Arbeitszeit abrechnen konnten.
Doch oh Schreck, die Eingangstüre der Gastwirtschaft war fest verschlossen und kein Schlüssel an unseren Zimmerschlüsselbund passte.
Was nun?
Wir versuchten nun einen Ausweg zu finden, die Tachoscheiben einlegen war sehr wichtig,
denn frühstücken konnte man hier erst ab acht Uhr.
Das war eindeutig zu spät.
Also auf der Suche nach einem Ausgang scheiterten wir, da alle Türen die irgendwie nach außen führen sollten, waren verriegelt.
Egal, wir gingen jetzt einen Stock höher und suchten hier nach einem Aus-bzw. Abstieg.
Hier die Tür ist offen rief mein Kollege mir zu, ich hinterher.
Psst, sagte er, hier liegen die auszubildenden Köche und schlafen noch!
Auweia dachte ich, hoffentlich bemerken die uns nicht, wenn die aufwachen gibt es bestimmt keine gute Suppe in der Küche vor lauter Schreck.
Drei Jungs lagen auf den Betten, die nebeneinander standen wie in einer Kaserne.
Wir öffneten das Fenster mit einem lauten Ratsch und versuchten nun über den Sims nach Draußen zu kommen.
Wenn uns dabei ein Passant gesehen hätte, wäre mit Sicherheit die Polizei alarmiert worden.
Es muss ausgesehen haben, als wenn wir einbrechen wollten. Dabei war es eher ein Ausbruch.

Mit etwas Mut und Geschick war es uns auch gelungen. Die Tachoscheiben wurde eingelegt und mit einem breiten Grinsen in unseren Gesichtern konnten wir um acht Uhr in aller Ruhe frühstücken. Ein Stück wie aus einem bayerischen Komödienstadel.

BURG SACHSENBURG

Spuk auf Burg Sachsenburg

Wieder einmal wurde es sehr spät an jenem Tag im Juni und ich hatte immer
noch keine Übernachtungsmöglichkeit gefunden. Seit mehr als zwölf Stunden war ich nun schon auf dem Weg von Würzburg
kommend, erst nach Bautzen gefahren, dann nach Zittau, und wieder auf dem Rückweg
nach Chemnitz. Alles tat mir an diesem Tag weh, jeder Muskel und jeder Knochen.
Das schier endlose Sitzen in so einem Vehikel und der Stress auf der Piste machen dir
das Leben manchmal zur Hölle ! Wo zum Teufel werde ich diese Nacht verbringen?
Der Mond schien bereits am östlichen Himmel zwischen Dresden und Chemnitz und mir
wurde von Minute zu
Minute klarer, dass ich unbedingt ein Hotel finden müsste um nicht wieder in
diesem Laster quer über beide Sitze mit dem Schalthebel im Rücken die Nacht
verbringen zu müssen.
Ein Blick auf das Schild, das noch in der Ferne auszumachen war, gab mir einen Ruck
und ich dachte nichts wie runter von der Autobahn und genau diesem Hinweis hinterher.
Da stand was von einer Burg Sachsenburg.
Also in die Eisen und den ganzen achtzehn Meter langen Truck an Geschwindigkeit
gedrosselt, nichts wie auf die Landstraße und ab auf den Weg dorthin.

Was nach einiger Fahrstrecke da alles für Verkehrsschilder auf mich einschlugen, solche wie Anlieger frei, Versorgungsfahrzeuge und landwirtschaftliche Gefährte, alles habe ich ignoriert, die Hauptsache ich erreiche Burg Sachsenburg.
Die Straße wurde immer kurviger und die Schlaglöcher tiefer und tiefer. Es wurde dunkler. Auch das letzte Schild mit dem Verweis "keine Lastkraftwagen" wurde von mir missachtet und es ging einen sehr steilen und schmalen Weg hinauf zur Burg.
Einige Bewohner schauten mir nach, so als ob sie noch nie einen Laster gesehen hätten und die Hunde die herumliefen bellten mir nach.
Oben endlich angekommen stieg ich oder besser rutschte ich aus meinem Chaffeurssessel und lief schnurstracks auf die riesige Pforte des Anwesens zu.
An einem langen Seil befand sich so etwas wie eine Klingel aus dem Mittelalter, also ein paar Mal daran gezogen - das kann nicht sein - und das gute Stück war gerissen und lag nun vor mir.
Irgendeine Gestalt muss das Läuten aber mitbekommen haben, denn ich hörte ein Humpeln wie von einem Holzbein und eine Stimme fragte mich: Nabend mei Gudster wo möschte se den hinne?
Das große eiserne Tor begann sich zu öffnen und ein wirklich altes Männlein kam auf mich zu

und ich fragte ihn, ob ich denn hier ein Zimmer für diese Nacht haben könnte.
Der Greis nahm mich wortlos mit in den Innenhof und zeigte auf eine hell beleuchtete Tür.
Eine Frau kam heraus die alles mitbekommen haben musste und sagte es besteht die Möglichkeit, hier in dieser Burg zu nächtigen.
Über den Preis hatten wir nicht gesprochen, sie zeigte mir das Zimmer und wünschte mir nur noch ein Nacht ooch bisch Morschn. Die ich dann auch haben sollte...
Na gut, ich holte noch meine Reisetasche aus dem Karren und kehrte in mein, mit Verlaub, Verließ zurück.
Kein Waschbecken, keine Toilette, kein Spiegel und überhaupt wo bin ich denn hier gelandet? Ein Schalter, ja, es gibt Licht dachte ich nur und es gab auch keinen Schlüssel um mein Gemach abzusperren.
Einmal tief durchgeatmet und ich machte mich auf die Suche, ob noch andere Lebewesen in diesen Gemäuern hausten oder ob ich der einzige war - ich war der Einzige in dieser Nacht!
Was kam da vorne für ein Raum, ich wagte mich vorsichtig hinein, ja es war eine Toilette, nein, eigentlich waren es acht Stück, ohne Trennwände oder dergleichen, einfach so nebeneinander. In diesem Augenblick war ich erst einmal erleichtert wirklich allein zu sein.
Es zog mich, nachdem ich auch noch eine ganze Batterie an Waschbecken geordert hatte, wieder auf mein, sagen wir mal, Gästezimmer zurück.

Wie soll ich denn je ein Auge zumachen wo es keine Möglichkeit gab, die Türe abzusperren. Einen Flegel, oder war es ein Mordwerkzeug, entdeckte ich auf dem Schrank, den ich als Absperrstütze zweckentfremdete. So und jetzt erst einmal lüften, schwebte mir durch den Kopf.
Aber was dann kam hätte ich in meinen kühnsten Träumen nicht erwartet.
Zwei Fenster mit unzähligen Sprossen, das eine öffnete nach innen und das andere nach ...
Oh Gott, nach draußen, aber wie! Es fiel aus den Ankern und war auf Nimmerwiedersehen verschwunden irgendwo ganz tief da unten, im Burggraben.
Egal, dachte ich, mich wird schon keiner erschlagen, setze mich auf mein Bett, verschlang noch einen Happen und, ich muss wohl an jenem Abend so müde gewesen sein, bin doch in kompletter Montur eingeschlafen. Bis zum nächsten Morgen um sechs Uhr.
Geschlafen habe ich auf jeden Fall wie ein Murmeltier und war auch ziemlich fit um dies Zeit, ging zum Gemeinschaftswasch- und Toilettenraum, nahm mein Gepäck und versuchte so etwas wie die Rezeption zu finden. Das gab es natürlich nicht. Eine, sagen wir mal etwas ältere Dame kreuzte meinen Weg, wünschte mir einen Schönen Guten Taaag und meinte ich soll ihr doch folgen, sie zeigt mir wo ich frühstücken kann.
Mann, was müssen meine Augen gesehen haben, ein Rittersaal ganz und gar für mich allein !

Der Tisch, an dem ich Platz nahm, war bestimmt zehn Meter lang und ich war der König!
Ich bekam wirklich einiges geboten, Bliemschenkaffee, Gaggau, sogar ein Ei und auf die Frage ob es eine Zeitung gäbe, hieß es nur Hammornie. Mir schmeckte es jedenfalls.
Nachdem ich gesätt gt war, beglich ich noch meine Schulden, verlies die Burg und begab mich auf den Weg zu meinem Gespann, welches brav die ganze Nacht da draußen so mutterseelenallein auf mich gewartet hatte. Das Männlein vom Abend war auch da und wünschte mir "Denn mach's ma guud! Bis Bälde!" Ich musste lachen.
Zum ersten Mal war ich Burgherr, wenn auch nur für eine Nacht. Das glaubt mir kein Mensch

SPUTNIK & DIE BABYS

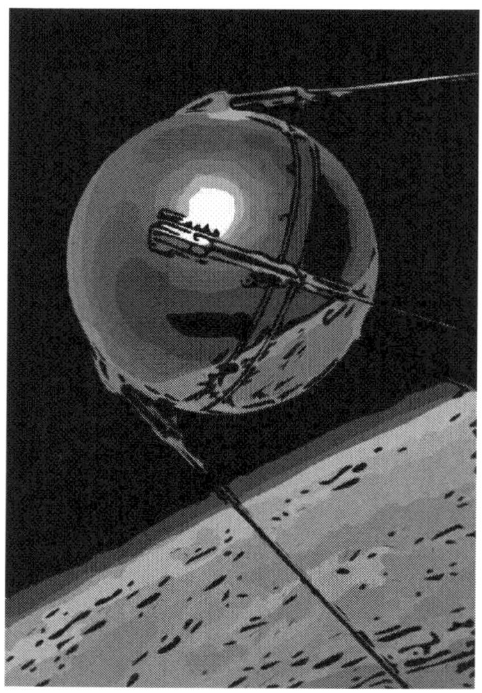

Sputnik und die Katzenbabys

Mittlerweile zeigte die Uhr im Cockpit kurz vor halb sechs an. Ich musste mich sputen, denn der zu beliefernde Kunde schloss um sechs seinen Laden. Nach mehrfachen roten Ampeln, die Rushhour hatte bereits begonnen, und unzähligen Baustellen, kam ich in Freiberg an. Ich kannte die Firma bereits, da ich hier schon öfters Ware zugestellt hatte. Das Geschäft das ich heute zuletzt anliefern wollte, war kurz vor achtzehn Uhr erreicht. Zum Glück standen keine Autos vor der Ladentür und so konnte ich den Truck über gut acht Parkplätze quer zum Stehen bringen. Den Lieferschein geschnappt und flugs ging es nach hinten zur Ladefläche.
Der Kunde bekam an diesem Tag nur einen Karton mit Metallrohlingen zur Herstellung von Zahnrädern. Bestimmt wog dieser mehr als zwanzig Kilo, denn meine Arme wurden durch das Tragen immer länger. Normalerweise machte man mir bereits beim Eintreffen die Ladentüre auf, aber anscheinend hatte mich bis jetzt niemand bemerkt. Mit letzter Kraft und meinem rechten Ellenbogen bekam ich die Türklinke nach unten. Noch ehe ich ein "Guten Abend" über meine Lippen brachte krachte auch schon der Boden des Kartons durch und der ganze Inhalt, alles Metallteile, sauste mit voller Wucht auf den Steinboden. Wie durch einen Zauberstab wurde es im ganzen Laden still. Ein paar Kunden, der Inhaber und einige

Mitarbeiter starrten mich mit ihren Kulleraugen an. Mir blieb fast der Atem stehen. Der Aufprall der Teile war Sputnik, dem Haushund, in alle Glieder gefahren. Sputnik raste wie eine behaarte Pershing-Rakete zur Tür hinaus! "Sputnik, Sputnik" hörte ich nur rufen. Aber der war längst weg. Eine Verkäuferin begann mit dem Einsammeln der Ware und der Besitzer des Ladens und ich rannten raus auf die Straße. Von Sputnik keine Spur. Ich bot an mich an der Suche nach dem Hund zu beteiligen. Wir gingen getrennte Wege. Ich beschloss hinter dem Haus, wo sich nur Wiesen und Äcker befanden, zu suchen. August und September waren vorüber und man befand sich in den ersten Tagen des Oktobers. Der Herbstwind pfiff über die kahlen Felder. Die schwarzen Regenwolken hatten sich schon ziemlich verzogen. Wo war der Bello? Ich rief dauernd seinen Namen, aber weit und breit kein Sputnik. Vielleicht war er vor lauter Schreck hinaus über die Stoppeläcker gelaufen? Die ersten Schritte gingen an einem kleinen Waldstück vorbei. Ich kämpfte mich durch tief hängende Äste hindurch. Die Dunkelheit brach herein. Wo war der Kerl nur? Da ich ja auch Hundebesitzer bin, machte ich mir natürlich große Sorgen. Was war da drüben im Gebüsch für ein Blinken? Augen. Mehrere raubtierartige Augen starrten mich an. Eine leichte Gänsehaut verspürte ich. Aber als ich näher kam, konnte man Sputnik erkennen. Wer aber waren die anderen Augenpaare? In einem hohlen Baum im Dickicht lag Sputnik mit vier kleinen niedlichen Kätzchen. Die fünf mussten sich schon länger kennen. Ich nahm die vier Katzen auf den Arm und Sputnik folgte mir bis zum Laden, wo der Chef und sein Team warteten. Er sagte mir, dass der Hund schon die letzten Wochen sich immer und immer wieder für eine gewisse Zeit im Gebüsch versteckt hätte. Jetzt wussten wir alle aus welchem Grund. Die beiden Neulinge wurden als neue Familienmitglieder Herzlich aufgenommen. Eine wunderschöne Bescherung im doppelten Sinn!

ARSCHKALT,
BRRRRRRRRRRRR...

Standheizung verreckt

Diese Geschichte werde ich wohl nie vergessen. Es musste im Winter 2001 gewesen sein. Schon die ganze Woche war es arschkalt gewesen und Tag und Nacht hat es geschneit. Gerade hier zwischen München und Bad Reichenhall, wo ich bereits seit zwei Wochen unterwegs war. Auf den Autobahnen ging so gut wie nichts denn außer uns Truckern war die ganze Rentnerschar unterwegs um anscheinend bei unseren netten Nachbarn in Austria zu campen. Wohnmobile ohne Ende. Die mit ihren Schneckenhäusern und gelben Nummernschildern waren auch da. Na ja, wenigstens der Sprit ist da drüben günstig. Teilweise hatten wir auf der Autobahn von München in Fahrtrichtung Rosenheim so heftige Schneeverwehungen, dass alles nur noch weiß war, egal ob am Himmel oder auf der Strasse, alles nur noch schneeweiß . Entweder schnabbst du dir eine Sonnenbrille, falls vorhanden oder kneifst beide Augen so fest zusammen, dass es dadurch dunkler wird. Furchtbar wenn alles um dir herum nur schneebedeckt ist. Echt anstrengend. Blechschäden waren an der Tagesordnung und die Jungs vom Räumdienst kamen sowieso nicht durch auf der acht, keine Standspur, wie vor hundert Jahren. Warum wird hier nicht einmal die Bahn verbreitert wo doch jedes Jahr die Leute Richtung Italien und sonst wohin fahren? Umweltschutz, wenn alle mit laufenden Motoren stundenlang herumstehen? Aber das ist ein anderes Kapitel, darüber zerbrechen sich mit Sicherheit unsere Politiker jeden Tag den Kopf. Der Tag war wieder einmal völlig normal, wir fuhren mit Abständen von fünf bis acht Metern obwohl es spiegelglatt war und keiner merkte, dass der Sommer vorbei war. Alle paar hundert Meter "parkten" Autos in den Straßengräben. Nicht zu vergessen, die Spezies mit Sommerreifen und ohne Ketten. Hauptsache Mutti hat die Kamera und die Thermoskanne bereit. Mann! Die letzten zwanzig Kilometer hatte ich bereits in einer atemberaubenden Geschwindigkeit von maximal vierzig km/h und in eineinhalb Stunden zurückgelegt. Immerhin ohne Ausrutscher. Fünf Kunden wollte ich eigentlich beliefern, aber nach Stand der Dinge sollte es wohl bei zwei oder drei Abladestellen bleiben. Endlich, die Ausfahrt Rosenheim lag vor mir, der Baumarkt liegt gleich neben der Autobahn. Geschafft! Ich kam an der Warenannahme an und das Tor wurde gerade geschlossen. Mittagspause von zwölf bis vierzehn Uhr. Na dann, Brotzeit raus, einen Pott Kaffee dazu, Standheizung an und Matratzenhorchdienst war angesagt. Das tat gut. Die Heizung säuselte so schön vor sich hin, fünfundzwanzig Grad warm und du versinkst in den ewigen Jagdgründen. Bis der verdammte Wecker dich wachrüttelt. Nein, dass war nicht der Wecker, die Jungs vom Baumarkt klopften an die Fahrertür. "Aufstehen, es geht weiter" hieß es. Völlig neben der Kappe krabbelte ich aus

meiner Koje hervor und suchte meine Schuhe.
"Schnell, auf geht's!" schrieen die da draußen herum. Ich dachte mir meinen Teil und schmiss die Karre an um in den Hof zu fahren. Abladen
bei guten fünfzehn Grad minus war nun angesagt. Da bekommt man recht flott einen klaren
Kopf. Alles verlief wie meistens ohne Probleme und ich konnte auch an diesen Nachmittag
einen weiteren Markt beliefern. Beim dritten Kunden hatte ich allerdings kein Glück mehr,
denn dieser hatte bereits geschlossen als ich so gegen fünf Uhr ankam. Es war mir sogar sehr recht, denn hier zu übernachten war bestimmt angenehm und schön ruhig, dachte ich mir.
Eine Dönerbude stand neben dem Eingangsbereich wo ich mir so ein tol es Teil als
Abendmahl reinzog. So, Feierabend! Rein in die Kabine, den Fernseher anschließen und dazu
ein schönes Pils. Standheizung angeschmissen, kurz einen Anruf mit der Chefin zu Hause und dann kam auch schon mein Lieblingskrimi SOKO 5113. Herrlich! Noch ein paar Nachrichten
und dann gestresst und Hundemüde nichts wie hinten rein ins Schlaflabor. Gute Nacht.
Irgendwann so gegen drei Uhr nachts bin ich dann wach geworden. Schweinekälte hier! Was
ist mit der Standheizung? Alles aus. Eisige Kälte. Nachdem ich mir Licht machte, sah ich
erstaunt wie Eis auf der Innenseite der Windschutzscheibe sich breit gemacht hatte. Mann war
das kalt! Ich kletterte auf den Fahrersitz, klappte das Bett hoch und versuchte vergeblich den

Startknopf der Heizung in Gang zu bekommen, was aber kläglich scheiterte. Dann blieb mir nur noch den Motor laufen zu lassen, damit es warm werden würde. Diese Gedanken hatte ich nicht lange, denn der Truck gab keine Wärme ab, wenn der Motor im Stand lief. Also musste ich fahren. Und das mitten in der Nacht um kurz nach drei Uhr! Der erste und zweite Versuch zu starten blieb ohne Erfolg. Hoffentlich machen mir meine Batterien jetzt nicht auch noch schlapp, dachte ich. Gott sei Dank sprang der Hobel an. In Unterhose und T-Shirt fuhr ich los. Das Außenthermometer zeigte sechsundzwanzig Grad Kälte an! Das war so schweinekalt da draußen. Ich machte mit dem Handy noch ein Foto vom Display, damit mir das auch jeder glaubte. Frau Holle hatte die letzten Stunden kräftig ihr Bettzeug geschüttelt. Die Fahrbahn konnte ich nur erahnen. Langsam ging es Richtung Autobahn, ich brauchte Speed um den Motor warm zu bekommen. Es war ruhig auf der Piste, ich fuhr gut fünfzehn Kilometer und hatte dann auch noch einen Volltreffer gelandet in einem Autobahnparkplatz einen Stellplatz zu ergattern. Den Motor lies ich nun auf etwas höherem Standgas laufen. Die Heizung voll aufgedreht schlief ich dann noch drei Stunden.

VOLLMOND UND DER STRAFTÄTER

Straftäter bei Vollmond

Einige Zeit nach der Wende. Es gab kaum Übernachtungsmöglichkeiten. Die Hotels waren dünn gesät. Mein Truck hatte keine Schlafkabine und so hatte ich das Vergnügen mich stets nach Pensionen oder Hotels umzuschauen. Eines Tages war ich in der Nähe von Neugersdorf, kurz vor der tschechischen Grenze. Weit und breit keine Unterkunft auszumachen. Ich war an diesem Tag zig Stunden unterwegs und todmüde. So beschloss ich im Laster zu nächtigen und mir den Schalthebel die Nacht über in den Rücken oder sonst wohin zu drücken. Schöner Wohnen eben. Ich suchte mir immer ruhige Plätze aus, denn Lärm und Gestank hatte ich ja den ganzen Tag über genug. Ganz, ganz selten kaufe ich mir diese Bildungszeitung, die fast keiner liest aber einen Millionenabsatz hat. Ich hatte an diesem Tag eine. Der Fernsehempfang war so miserabel, dass ich froh war etwas lesbares zu haben. Es wurde draußen schon dunkel und ich machte die Vorhänge vor und verriegelte die Türen. Nun las ich was so tagsüber alles geschehen war. Doch plötzlich stockte mir der Atem: hier stand in Oppach sei ein Sexualstraftäter heute Nachmittag ausgebrochen und auf der Flucht. Ich schnappte mir meinen Atlas und sah, dass ich quasi kurz oder besser gesagt mitten drin im Fadenkreuz stand. Mein Herz schlug höher und der Blutdruck dazu. Warum musste ich mir ausgerechnet heute dieses Blatt kaufen? Egal dache ich, wo sollte ich den hin? Mein Gott war mir an jenem Abend flau. Ich versuchte kurze Zeit später zu schlafen. Da hörte ich Schritte um meinen Laster herumlaufen. Und, Poch, Poch, es klopfte wer an der Tür. Ich spürte mein Herz am Hals schlagen. Schweiß auf der Stirn. Dann war noch Gelächter zu hören und ich versuchte meinen Vorhang etwas beiseite zu schieben um zu sehen was da war. Es waren ein paar Jungendliche die sich einen Scherz erlaubten, und ich dachte schon der Ausbrecher würde bei mir einziehen! Die besagter Nacht war auch noch Vollmond, was die ganze Sache nicht erleichtert hatte. Sei noch anzumerken, dass ich zu der Zeit noch kein Handy hatte. Heiligs Blechle!

REIN UND NIX MEHR RAUS

Süderbrarup butterweich

Vor einigen Jahren bekam ich eine Sondertour. Normalerweise fahren meine Kollegen und ich nur in den süddeutschen Raum. Aber nun hieß mein Zielort: Süderbrarup! Irgendwann hatte ich diesen Namen doch schon einmal gehört. Genau! Aus dem Film Werner-Beinhart. War das nicht der Fußballverein wo Werner kickte? Da musste ich eine Ladung Motorroller hinfahren. Ich freute mich, endlich durfte ich Richtung Norden fahren. Was ich da wohl für Landschaften und Menschen begegnen werde? Drei volle Tage hatte mein Disponent eingeplant. Das müsste reichen, sagte er mir. Alles klar, am nächsten Tag ging es bereits nachts um halb drei Uhr los. Die Straßen waren frei, Temperaturen von um die zwanzig Grad machten auch Spaß. Falsch fahren war eigentlich nicht angesagt, es ging immer nur die A7 entlang. Fast bis nach Flensburg. Nach viereinhalb Stunden war erst einmal Schicht im Schacht und die gesetzliche Ruhepause wurde für eine gute Stunde Matratzenhorchdienst genutzt. Anschließend hieß es noch einmal die gleiche Fahrstrecke zurücklegen. Dann war der Feierabend in Sicht. Auf bekannten Strecken kannte ich so meine ruhigen Stellen um im Laster zu übernachten. Aber hier war alles Neuland für mich. Ein stiller Ort sollte es nachts schon sein. Also fuhr ich bei Rendsburg von der Bahn ab und versuchte die Umleitung zur

nächsten Anschlussstelle zu fahren um vielleicht auf der Strecke einen Parkplatz zu ergattern.
Aber weit gefehlt. Die haben hier was gegen LKW-Fahrer, dachte ich mir. Nicht ein einziger Platz weit und breit. Ich fuhr kurze Zeit später wieder auf die A7 auf. Nach nur zehn Kilometern probierte ich es erneut, Ausfahrt raus und auf die Landstraße. Irgendwann kam eine, sagen wir mal leichte Ausbuchtung, direkt unter so einem Windkraftrad. Mein Schlafplatz, dachte ich. Aber weit gefehlt! Für ein paar Minuten war es ja akzeptabel aber dann konnte und wollte ich diesen Platz nicht die ganze Nacht über mit einem Windrad teilen. Wuuupp, Wuuupp, alle paar Sekunden, bei jedem Flügelschlag dieses Wuuupp. Nein! Es ging weiter. Schließlich kam ich doch noch ein einen vernünftigen Parkplatz und ich war diese Nacht der einzige Trucker. Ohne Wuuupp, schreienden Schweinen auf einem Tiertransporter, oder einer permanent laufenden Kühlung eines Tiefkühlbrummis. Gott sei Dank! Der Morgen kam schneller als erwartet und ich startete nach einem Truckerfrühstück in Richtung Süderbrarup durch. Nach gut drei Stunden hatte ich mein Ziel erreicht und konnte auch gleich abladen. Die Leute hier waren echt gut drauf, Nordlichter halt, aber cool! Ich verabschiedete mich und fuhr in Richtung Autobahn. Der Radiosender, den ich hörte, meldete für diesen Nachmittag und die kommende Nacht starke Orkanböen an. Und das genau auf meiner Strecke. Wird schon nicht

so schlimm werden, dachte ich mir. Die übertreiben ja eh meistens. Die im Radio erzählten da was von einer Europabrücke, die für Laster wegen starkem Seitenwind gesperrt sei. Am nächsten Autobahnparkplatz hielt ich kurz an um nachzuschauen wo die Brücke ist. Sie lag genau auf meiner Fahrtroute! Sie liegt kurz vor Rendsburg und hat eine beachtliche Höhe von über 50 Metern und eine Länge von über 1500 Meter! Donnerwetter dachte ich mir, da musst du drüber. Schon einige Kilometer vor diesem Ungetüm warnten Schilder vor starkem Seitenwind und nur LKWs unter 7,5 Tonnen durften im beladenen Zustand die Brücke passieren. Da mein Truck aber über zwölf Tonnen hatte, leer war und ich eigentlich nicht dort entlang fahren durfte war der Nervenkitzel so groß, dass ich es einfach wagte. Ehrlich, hätte ich gewusst, was das für ein Gefühl ist, wäre ich die Umleitung gefahren. Auf den Warntafeln hatte man vierzig Stundenkilometer angezeigt, aber ich fuhr quasi mit Schrittgeschwindigkeit über die Brücke. Der Wind wehte mit so einer Kraft gegen den Aufbau des Lasters dass ich zeitweise dachte, mir fliegt der ganze Karren um. Mann was für Kräfte da wirken! Minuten später mit etwas Schweiß auf de Stirn war auch dieses Abenteuer überstanden. So, nun musste und wollte ich nicht mehr länger fahren, ein schönes Plätzchen finden zum übernachten war nun angesagt. Ich nahm die nächste Abfahrt. Keine Ahnung wo ich war. Kurz nach Verlassen der Autobahn fuhr ich nur etwa einen Kilometer und schon kam ein Parkplatz. Genial, dachte ich! Aber damals hatte ich noch einen Fernseher on Bord mit Antenne, und um einen guten Empfang zu haben, war es wichtig wo und wie der Bock steht. Also ein paar Meter vor oder zurück, nach rechts oder sonst wohin. Es war eine einzige Sucherei. Ein Programm brachte ich rein, mehr ging hier nicht. Das konnte nicht sein, ich versuchte etwas weiter in den Grünstreifen zu fahren, vielleicht ging es da besser? Weit gefehlt, denn das wurde mir zum Verhängnis! Kaum auf das satte Grün aufgefahren sank ich ein wie in eine Butterdose, kein Vor und kein Zurückkommen mehr. Die Achsen waren fast bis zum Anschlag im weichen Boden versunken. Der Wind nahm deutlich an Stärke zu, es wurde richtig kalt. Was nun? Es half nichts, ich konnte machen was ich wollte, kein Schaukeln, kein vorsichtiges Anfahren, Nichts! Ich weiß es bis heute nicht, wie ich es dann doch noch schaffte aus diesem Moor raus zu kommen, aber ich hinterließ einen Ort der Verwüstung. Ich hoffe, die Leute der Straßenmeisterei haben Verständnis dafür. Es war die Nacht des Orkans Kyrill. Ich war so fertig, dass ich nichts mitbekam. Ich schlief tief und fest.

EINE BANDE VON LKW-FAHRERN

Vierer-Gespann

Ein herrlicher Tag. Schön warm so um die 23 Grad, ideales Wetter beim fahren. Ich bin gerade auf dem Heimweg. Kurz vor dem Schkeuditzer Kreuz bei Leipzig. Wenig Verkehr. Im Radio kommt nichts Gescheites und die CDs die ich mit habe kenne ich mittlerweile schon in- und auswendig. Da kommt mir der Gedanke, mal wieder das Funkgerät einzuschalten. Auf dem neunten, dem Truckerkanal, ist auch Ebbe. Also nehme ich das Mike, so heißt das Mikrofon, und frage einfach mal nach wie es in Richtung Hermsdorfer Kreuz aussieht. Da dauert es nicht lange und eine Stimme antwortet mir: "Alleweil steät de Bagaasch o dere Brügg". Aha, ein Schwabe dachte ich und antwortete mit "des is mir woschd, i müsset sowieso erst ä mal aufs Gloo". Die Abstandskontrolle an der von ihm geschilderten Stelle war fast jedem Fahrer bekannt. Also keine Panik auf der Titanic. Kurz hielt ich mich auf dem kommenden Parkplatz auf und fuhr weiter. Da kam eine neue Meldung:"A" paar so "Simbel" wären kurz vor der nächsten Ausfahrt mit dem Motorrad auf die "Schnuud" gefallen und es gibt kurzzeitig Stau. Alles vertreten dachte ich, Schwaben, Hessen und ich als Franke. Einen Augenblick später hieß es:"Mei Gudster", macht euch "keene Gobb, Stau haddmaroh". Alles klar! Sachsen! Ich musste schmunzeln und griff zum Mikro: Hallo ihr außerirdischen

Trucker, wohin eueres Weges? Alle antworteten schön brav der Reihe nach. Wir fuhren also alle vier in die gleiche Richtung. Während wir so dahin fuhren und die Zeit somit schneller verging als wenn man alleine ist, fragte ich die anderen Kollegen ob sie nicht Lust hätten auf eine kurze Pause am Rasthof Hermsdorf. Alle hatten anscheinend Zeit und wir fuhren gemeinsam von der Autobahn ab in Richtung Raststätte. Parkplätze gab es genug und wir konnten nebeneinander parken. Als erstes gab es ein nettes kollegiales Händeschütteln. Cool. Nachdem wir ja schon während unseres Funk-Talks unsere Namen kannten gingen wir in das Lokal um eine Kleinigkeit zu essen und zu trinken. Ein Vierertisch kam da genau richtig.
Ludwig, der Schwabe setzte sich nicht, er müsse erst einmal "a Rolle macha" was soviel heißt wie er müsse mal austreten. Eine Dame mit Holz vor der Hüttn kam und nahm die Bestellung auf. Der Hesse Namens Hainer bestellte ein "Bembelsche Oppelwoi", worauf die Bedienung nur Grinste. Ich sagte ihr der Hainer möchte einen Apfelwein und schaute ihn fragend an ob er denn keine Angst um seinen "Babbedeggl" hätte wenn er jetzt Alkohol trink? I bin doch "ke Lebberworscht" gab er als Antwort zurück und nickte. Inzwischen kam auch der Ludwig und rief uns zu er hätte "gnu aggra" und er würde gerne ein "goggele" essen. Verwirrtheit am Tisch, der Sachse Björn rief der Kellnerin Uschi, so stand es auf ihrem Namensschild, zu er

kriegt nen "Broiler". Ein Brüllen am Tisch! Ich nahm ein kleines Schnitzel weil der Hunger nicht so groß war und der Hainer meinte: so ein "Schnibbelsche von der Wutz" das wäre doch nichts. So eine Runde von Fernfahrern kommt selten vor, meistens hocken diese Trucker of the road einsam irgendwo grieskrämig rum. Es tat sehr gut. "Biordäggel" her rief Björn rüber, die Getränke kommen. Er hatte sich nur einen Kaffee bestellt und auf der Untertasse war Gebäck, wie schön. Er fragte uns:"Gannch dä Gehgse eindiddschn"? Wir kugelten uns vor Lachen. "Maa doch wa de wid" kam von Ludwig. Ich sagte "Guter Moo, was mächasd"? Uns kamen die Tränen. Fast wäre der Björn beleidigt gewesen, aber der Ludwig ergänzte seinen Satz mit:"Björn, ko a flätsch no zia"! Klasse! Wir waren so vertieft in unser internationales Gespräch dass die Zeit wie im Flug verging. Eine ganze Stunde war vergangen, wir zahlten unsere Zeche und gingen raus. Es war so ein toll, dass zum Abschied der Ludwig meinte:"uf elle Fälle müssät me des wiederholä"! Allzeit Gute Fahrt !

BROILER ZWISCHEN DRECK UND DER A 4

Zwischen Broiler und A4

Und wieder war es wie so oft eine ziemlich kurze Nacht für mich gewesen. Der Wecker klingelte um halb vier Uhr und nach guten viereinhalb Stunden Schlaf war die Nacht zu Ende. Morgentoilette bei gut zwölf Grad minus im Freien, dann einen Kaffee mit dem Bunsenbrenner, ein paar alte Kekse vom Vortag und dann startest du den Reihensechszylinder und hoffst, dass dieser auch wieder mal anspringt und die Standheizung nicht die ganze Batterie leergesaugt hat. Toll, die Maschine läuft. Eis und Schnee vom Fahrerhaus weggekratzt so gut es eben geht und ab Richtung Dresden. Die Nacht verbrachte ich ja in der Prärie um Chemnitz herum.
Es sollte nach Kamenz gehen zu einem Baumarkt, den ich schon kannte.
Kurz nach den ersten Kilometern hinter Glößa, der erste Stau, dann an der nächsten Abfahrt raus und über einen Schleichweg nach Kamenz, dachte ich. Von wegen !
In einer Baustellenumfahrung kam eine Baustelle in der Baustelle. Autsch.
Zwei Kipper hatten sich geküsst und alles stand still. Dein Handyakku ist leer, dass Ladekabel liegt zu Hause und du Depp stehst hier irgendwo im Nirvana, dachte ich. Da vorne ging es dann nach gut einer Stunde wieder im Schritttempo weiter. Bis zur nächsten Ortschaft, eine kleine Siedlung, ich wusste schon einigermaßen wo ich war.

Auf ein leuchtendes rot war ich nicht eingestellt, aber der sah aus wie ein Polizist, welcher da wie ein wildes Tier mit seiner Kelle hantierte. Guten Daag, Verkehrskontrolle.
"Hammse denn nisch däs Verkehrschzeichen Verbot für Lastkraftwaachen gesähn?", wollte der von mir wissen. Nach geraumer Zeit durfte ich mit zwanzig Euro weniger im Geldbeutel weiterfahren.
Toll, Spesen weg.
Jetzt kam Pulsnitz als nächstes, ich wusste da gab es eine Lebküchnerei, lecker!
Zielgerichtet steuerte ich meinen Truck etwas nach rechts, um den nachfolgenden Verkehr
nicht zu behindern, in den Straßengraben.
Schschsch hörte ich noch - der Reifen war platt!
Also gut, schnell zum Frischebäcker rein, ein paar leckere Pulsnitzer Pflastersteine gekauft
und raus zum
Karren. Warnweste an, Warndreieck aufgestellt, Wagenheber rausgeholt und geschuftet.
Nach einer knappen Stunde war alles wieder fahrbereit und es ging weiter nach Kamenz.
Alles verlief wie geschmiert, das Abladen beim Kunden war problemlos wie immer, nur die Wartezeit bis ich abladen konnte war auf fast zwei Stunden angestiegen. Es wurde Mittag.
Hunger stellte sich ein. Ich tuckerte die Landstraße entlang, und da kam auch schon so etwas
wie eine Imbißbude auf mich zu.
Richtig, es war, eine Hähnchenbraterei.
Ich stieg aus, überquerte die Pflastersteine und holte mir einen Goldbroiler, den ich dann wenn

ich einen geeigneten Parkplatz fände, verspeisen würde.
So ungefähr drei Minuten später ein Parkplatz, welch eine Seltenheit, dachte ich mir und hielt das Fuhrwerk an. Ich machte die Tür auf und mir fiel die Tüte mit dem Hähnchen voll in den Dreck. Jetzt hatte ich wirklich einen legendären Goldbroiler, endlich wusste ich woher der Name für diesen einzigartigen Vogel kam. Das Mahl kurz vor der A 4.

Printed in Poland
by Amazon Fulfillment
Poland Sp. z o.o., Wrocław

49686931R00054